우주의 정원

석연경 정원 시선집

우주의 정원

석연경 정원 시선집

꽃북 연경출판사

하늘에 별이 빛나고
땅에는 정원이 빛난다
하늘은 땅을 밝히고
땅은 하늘을 밝힌다
우주의 거울이자
마음의 창인 정원

2022년 12월
석연경

차 례

제1부

터키정원

여기 끝없는 세계가 있다

반복되는 푸른 문양 타일이
땅으로 하늘로
끝없이 열리고 펼쳐진다

고전적으로 꿈틀거리는 철문이 열리면
에메랄드골드가 황금 길을 펼친다

대리석 수조에 손 씻으면
푸른 악마의 눈이 처마 아래서 눈 뜨고
욕망뿐인 회오리는 땅 속으로 스며든다

사원에는 신비로운 방언이 흐르고
광장에는 기적의 꽃을 든 사람이 있다
어딘가에는 소금호수가 펼쳐지고
열기구가 옛이야기처럼 떠오른다

상기된 향기 세마춤을 추는 장미 길로
나지막이 돌아서 나오니

순간에서 영원으로
무한의 푸른 꽃이 핀다

독일정원

낮은 곳에서 기다린다

늦봄 보슬비의 간절함이 독일붓꽃으로 피면
선큰 가든으로 성큼성큼 그대 오기를

목멘 소리로 읊조리며
연보랏빛 꽃잎 펼쳐도
접은 흔적 엷게 남아 꿈틀대는
겹겹이 새겨진 연서

쓰고 지우고
삭히고 피우며
묵묵히 그리던 애절함을
네가 읽을 수 있다면

붓으로 허공에 쓴 연서가
햇살에 날개를 펼쳤으니
가만가만 바라봐다오
불타오르는 초여름의 불꽃을

그대 한 호흡 한 걸음마다
오래도록 꽃잎 떨리나니
종일 쓰고 그려도 절절함 깊이를
한 마디도 못 한
꽃잎 속 백지 편지의 마음을

라벤더

내 영혼의 깊숙한 황무지에
그대 지중해의 출렁임으로 스미어
숨가쁜 향기로 나를 이끄네

그대에게 가는 동안
꿈결인 듯 취하는 건
그대 애틋한 눈길이
간절한 기도로 촘촘히 꽃 피워
나를 부르기 때문

보랏빛 황홀경에 드는 건
그대 싸하고 기품 있는 향으로
아무 꿈도 꾸지 않은 채
내 품에 안기기 때문

순결한 그대와 영원 속에 깃든 건
순간순간 향기로 스몄다가
흔적 없이 사라지기 때문

영국정원

두근거리는 하얀 아치에
그윽한 장미 향기
위에서 솟은 물이
층층 둥글게 받쳐주는 수조로
물보라 드레스가 반짝이면
그대 향한 축제가 열리네

오월 빅토리아 정원은 결혼식장
연분홍 볼에 예복 입은 연인들
장미는 계단을 오르내리며 왈츠를 추고
화단을 따라 첼로를 연주하네
부케를 받은 장미는
수줍은 미소로 봉오리 여네

따스한 정원에
레이스 앞치마 여인이
식탁에 향기 더할 허브를 따네
여인의 손길은 온실
겨울에도 허브 향기 오묘하고
밤에는 별이 내려와 합창을 한다

세계의 정원

잠 못 드는 새벽
아프리카에서 움막 두 채가 왔다

알아들을 수 없는
원주민의 방언으로

우기에 초록성채가
황적토 위에 우뚝우뚝 기둥을 세우더니

열매를 맺은 후에는
스스로 물기를 허공에 다 주고는

뼈다귀만 남았을 때
마른 짚은 움막이 되었다

건기가 계속 되는 불볕 속에서
움막은 타지 않았고

마른 감각들이
타닥 타닥 까만 얼굴을
윤기 나게 만든다

가공하지 않은
알록달록한 천들을
반듯하게 접어서 이고

여인은 황적톳길을 나선다

비밀의 정원

우기雨期다
길이 흐릿하다
차라리 맨발로 비가 되면
잊었던 정원에 가닿으리

질경이 융단 지나 백합 언덕에 누워
뭉게구름꽃 피는 것 본다
목련 장미 라일락 동백 비파가 고요로 피어나고
금목서는 보이지 않아도 어디선가 피어 있다

파초 아래 젖은 새가 깃든다
호수에는 섬이 있고
나무배가 있다
버드나무는 잊지 않으려
잔물결을 일으킨다
보름달은 징검다리에서
누군가 기다리고

고독사하기 좋은 계절
당신이 깃들 정원에는 거울언덕이 있다
보름달 다리 건너
거울바위에 언젠가 본 듯한
파랑새 사슴 곰도 보이고
편자 없는 말도 온다
이름을 부르면 누군가 뒤돌아본다
맑고 순한 신의 얼굴

집 없는 것들의 집
길 없는 길들의 길
지나는 길마다 즐비하게 꽃이 피고 나비가 난다
외나무다리를 건너지 않는 꽃들은
어둠 속 그림자를 보는 둥근 눈이다
수천 바람꽃이 낮게 피어서 발가락을 간질인다
어떤 꽃의 푸른 피를 삭혀 붉은 흙이 되었나
붉은 피 마시고 정원의 꽃들이 입술 주름을 편다
측백나무 울타리 밑둥치가 붉다

바람 없이 흔들리고
구름 없이 비 내리는 날

얼굴은 함부로 거울을 깨지 않는다
거울은 애당초 그늘을 위한 것
흙은 촉촉하고 부드럽고
땅속 씨앗은 우주 뿌리에 닿아 있다
향기롭고 달콤한
순백의 비단꽃길 정원에서

인도보리수

동굴이 시작되기 전에는
인도보리수가 무심하게 있지
굵은 아랫도리 뒤틀면
땅속 환한 뿌리에서
황혼의 우파니샤드가 새떼로 날지
엉킨 허공은 풀어 헤쳐지고

허공의 촘촘한 골들과
흩어진 연기 쓰다듬는
벼랑 끝 현자의 눈빛

붉은 강의 함몰
언 적막 동굴
거대한 입구가 내뿜는
축축한 체취들

단단한 잎이 심장을 두드린다
새가 앉아 있는 스트로우베리 트리가
붉은 팔 뻗어 동굴로 향한다
한 번은 지나야 할 동굴
하늘과 땅은 서늘한 불꽃 소용돌이지
인도 보리수 뾰족한 잎끝을 지나면
덩굴이든 뱀이든
축축하고 푹신한 흙길을
맨발로 걷지

핑 도는 어지러움은 잠깐
어디선가 물이 고요로 흐른다

사막정원

마음 한편에 모래바람이 마른 씨처럼 떠돈다
견디느라 까마득히 날 선 모래언덕들
낙타나무가 죽기로 걷는다
불타는 눈뿐인 나무가 이파리 없이 흔들리며 걷는다
정적의 모래알들이 낮게 엎드린 채 까마득하게 핀다
자갈과 암석이 각혈하며 피우는 동안
정글의 사자가 먼 둔덕 너머 어렴풋 지나가고

열풍이 불 때면 뱉어내도 다시 서걱거리는 모래
차라리 모래둔덕이 되면 선인장 가시가 자란다
금호 둥근 몸에 달린 가시는 방파제일 뿐
더구리란은 먼 바다로 손짓하다 머리가 하얗게 세었다

마른 몸과 굳은 얼굴에 목탁 두드리듯
제 스스로 가려운 우듬지를 툭툭 치듯
사막정원은 울창한 밀림을 빽빽이 품고 있어
해질 무렵 붉고 커다란 꽃송이를 하늘에 피운다

갈증으로 자라는 심장 위로 소낙비 쏟아진다

릴리와 또 다른 릴리

릴리

붉은 피가 만든 적도의 흙에서
릴리가 핀다
검은 피부 죽어 묻힌 흙에서
릴리가 핀다
황톳물 치마 입고 검게 태어난 아이와
망고를 이고 가던 길
풀들은 자라지 않았다

또 다른 릴리

황무지에서 또 다른 릴리 한 포기를 보았지
부시 속에서 또 다른 릴리를 보았어
산책을 할까 그래
달을 먹을까 그래
그래로 핀 릴리였지
열매를 생각하지 않는 릴리
그저 피어 있었지
꽃잎 끝이 뾰족하고 부드러운 릴리

릴리와 또 다른 릴리

본 적이 없는 릴리와 또 다른 릴리가
보이지 않는 길 끝 너머를 바라보네
마주보고 있는 줄 모르고 있네

붉은 길은 더욱 불타오르고 있었지
부시로 피어선
그냥 그래이고 불꽃이었지
한 포기인 듯
한 우주인 듯
지구는 돌고 있었지

다링 만다린 오렌지꽃

아무도 없는 높은 암벽 위 고성에서
대답하지 않는 만다린 씨앗을 심었지
부르는 이름마다 호수에 잠기고
씨앗은 겨울의 심장에
오렌지꽃 향기를 내뿜었지
노 젓는 소리와 뱃사공 어깨는
겨울비에 젖어 호수가 된다지
백조가 호수를 가로질러
겨울의 심장을 거니네
아무것도 마비되지 않았다고
표류하는 해빙이
오렌지 향기로 춤춘다

아무 소식도 전하지 않느라
겨울 밤비가 소리 없이 내린다
젖어 고인 호수는
젖지 않고 겨울비를 맞는다
호수에 가라앉은 집에 오렌지빛 등이 켜지고
다링 다링 이야기가 만돌린 소리로 들리고
만다린 오렌지 길이
호수 아래 어른거리네

아무도 없는 높은 암벽 위 고성에서
대답하지 않는 만다린 씨앗을 심었지
백조와 유빙이 명상하는 호수
침묵하는 겨울은 따뜻하다

만다린 오렌지 가득 실은 푸른 배가
백조와 함께 호수를 건너네
호수가 껍질을 벗고
잠겨 있던 집들이 알알이 눈을 뜨네
호수에 비친 고성 정원에
침묵하는 만다린 오렌지꽃 만발이네

제2부

미인수

단단한 고독의 뼈

먼 곳에서 왔다는데
온몸에 황토 단장이다

잔가지부터 가시 촘촘하니
신전은 가시집일 터
우주 파동 읽은
충혈된 시詩의 뿌리가
세계를 향해 뿜는 심미안의 정수

가장 아름다운 갑옷
여신이 화염을 뚫고 나온다

이야기 가득한 숲
성전은 솜털 씨앗을
품고 있다
거대한 fross silk tree

적멸의 꽃

찰랑대는 바위산
빛나는 주검들
어두워서 빛나는 것들
별도 고통의 뼈다
뼈 무더기가 밤하늘을 마신다
먹빛의 기쁨아
모든 빛을 받아들여
어둔 이마가 빛난다

한 묶음의 바람이 머리카락을 풀어헤치고
꽃밭으로 가네
꽃이 없는 꽃밭
꽃대가 마르고
꽃씨는 날아가 버리고
오로지 쓰러진 꽃대만 있는 곳
그나마 사라진 곳

찰랑거리는 것은 물이 아니다
꽃들의 잔상
바람의 잔상
바람의 프레임들이 겹쳐 슬로비디오로
풀들을 눕히고 있다
이것은 생의 절정

바람은 아무것도 복사하지 않는다
휘몰아 쓰러지고
무너지고

쓰다듬고
일어나 사라지는 부싯돌

허공, 황금 작약에게

흰 코끼리가 숲으로 사라집니다 당신을 지나온 빛줄기가 숲에 드니 상아가 긴 황금 작약이 옵니다 바람이 붑니다 황금 작약의 시간에 누가 성벽을 쌓나요 형상 없는 그림자 비밀을 떠나보낼 빈병을 준비합니다 태풍의 혀가 백비 사이에서 침묵하는 동안

절벽이 여럿 있는 바위산이 붉은 알을 품습니다 여린 싹 연두 구름 한 방울이 눈을 반짝이며 당신에게 오릅니다 쿵 가슴으로 쓰러진 구상나무를 일으켜 세웁니다 천둥소리를 내는 두꺼운 책이 자랍니다 책장은 연비를 새기는 칼날입니다

벌거숭이 사랑은 없습니다 태양을 입고 별을 걸고 장마 망토는 부은 뒤꿈치를 덮습니다 목어가 침묵 사이를 떠다니고 있어요 물방울이 여린 줄기 식물처럼 올라가 은빛 구름이 됩니다 애절한 듯 절망이 눈부시게도 꽃피네요 황금 작약이 흔들리며 가득 피다가 입을 오므리는 동안 허공은 허공인 채 있습니다

불기둥을 숨긴 회오리 사이로 지나가는 붉은 절벽을 봅니다 당신의 따뜻한 몸을 만지고 향기를 맡습니다 씨앗 이야기를 듣고 있는 귀머거리와 광막한 세계를 꿰뚫어 보는 눈 먼 자 꽃비가 내립니다 머물던 바위가 코끼리 걸음으로 파도소리를 냅니다 예전 당신은 어디선가 피고 졌다가 익숙하고 낯선 풍경 새로운 당신이 옵니다

황금 작약과 코끼리는 바위산을 오르는 허공입니다 당신을 너무 늦게 알거나 영영 모르거나 당신은 우주를 한 바퀴 돌아 지금 여기 있습니다 영영 사라지는 것은 없어서 우연인 듯 황금 작약이 핍니다

원추리

몸은
슬픔 중 가장 가벼운 깃털
먹구름도
무겁게 젖은 바람도
아침 햇살의 뒤란으로 사라지고

이 생의 봉우리
숨 가쁘면 어떤가
팔 벌리고
양지바른 곳에 모인

질박한 빛줄기의 성채

자작나무 숲길을 지나다

숲 가득 전설이 있었다
검은 생채기가 곳곳에서 눈을 반짝였다
아무도 없었고
보는 이 없었으나
모든 것이 빛났다
올곧은 생들이 바람이 불 때마다
흔들렸다
흔들리며 자신의 목소리로 노래했다
혼자가 아니었으나
자신의 목소리로 웃고 울었다
하얗게 바랜 꿈이 서 있다
바람이 적당했고
푸른 잎을 피우고 있었다
생의 자국마다 초록색 손톱이 자랐다
여름 산문을 지나온 길이었다

돌꽃

숨 쉬는 돌 위에
숨 쉬는 풀꽃 엉덩이가 있다
물렁거리는 돌 아래
동물의 시간을 지난
풀밭 의자가 있다
손가락이 긴 신의 아들은
살짝 가려져 있는 정원에서
송가를 부른다
수만 송이 꽃이 피어난다
돌처럼 단단한
사랑을 바라나요
붉은 꽃잎 화르르 날아가듯
마음 없이 가득했던 마음을 비워버릴 건가요
돌탑을 쌓고
꽃씨를 뿌리고
성벽은 세계의 정원으로 흘러갑니다
이미 다 압니다
돌 속에는 꽃의 시간이 물결치고
꽃 속에는 돌의 시간이 단단하죠
언덕에 돌꽃 툭툭 터지며 피고
정원에 활활 돌꽃 나비떼와 피어나듯

흔적

전생 어디쯤에선가 만났던
붉은 열매가
대지모大地母 배꼽 언저리로 떨어지는 날이었지요

당신과 보낸 열락의 날들이
묵은 재처럼 바래가고
우리는 신이 던져둔 정원의 캄캄한 돌에 앉아
서로를 거울삼아 바라보았지요
다디단 달빛 가루 천지에 향기 뿜고
서로의 맥박 소리에 귀 기울이는 밤

젖은 나뭇잎들도
저울 없이 현주玄珠를 보네요
뜨겁던 살도 뼛가루로 시간을 풀무질하는
마른 꽃 이불의 성채
서로서로 눈물 핥아주고 쓰다듬는 밤

오래전 바다에 던져진 돌들의 질감에 대해
영원처럼 가라앉았을 마음에 대해
얼었던 손 서로 어루만지며
얽힌 혀들 풀어 달빛 비단 짜는데요

이제 달빛이 물소리 내며 흐르고
약속처럼 옷자락 흩날려요
빛 자국 남아 있는 머리카락 올올이
바람의 오르기orgy

사람아 인간사 어떠한가
우리는 참 그윽한 눈길 주고받으며
정원을 떠나 달빛 타고
후생 어느 숲으로 왔지요
북두칠성이 더욱 빛나는 그런 밤
당신 눈 속에 환하게 달이 차오릅니다.

부겐빌레아

가파른 절벽뿐이랴 세상은
꽝꽝 언 강 디딤돌 삼고
부르튼 발 타박타박 산정에 올라
고독한 나목으로 한생 견디자 했는데

눈 덮인 티베트 어디쯤일까
태허에서 막 건너온 듯
누가 불렀을까 아슬아슬한 절벽 너머
어렴풋한 꽃길

얼음벽 뚫고 첫새벽을 달려온 사람아
찬바람 지친 옷 벗고
절벽 좁은 바위틈 지나 꽃길로 오려무나
부겐빌레아, 내 꽃그늘에서 쉬려무나
이제 서러움에 퉁퉁 불은 뜨거운 내 젖가슴
환한 꽃불로 너를 품으리니

사람아 네가 오는 깊은 밤 억만 리
생살 찢어 가시 틔워 견디고
네가 오는 길목에서 숱한 손짓의 시간으로
번지고 번지던 붉은 손바닥들의 파닥임
이제 너를 향한 숫한 마음은
웅숭깊고 그윽한 길 찬란한 축제라

아직 절벽 끝에서 한 계절 울음을 쏟는 이 있을 터
사랑은 품에 안고 날개를 달아주는 일

지난날 절벽에 말라붙은 네 날개 깃털
햇살 즙 붉은 손바닥으로 쓰다듬으면
앙상한 등에도 날개 돋으리니

새 하늘이 온다
이제 붉게 타오르던 것마저 버리고
나는 너 너는 나
나도 없이 너도 없이
날려무나 날자꾸나
지친 이 쉬다 가는 큰 날개 그림자

산수국에 장맛비 내리다

산문 안에서 오래 산 사람에게는
지병이 있다지
산빛에 오래도록 젖어
푹푹 익은 고독이라는 병
사람을 지우려
자주 산새가 울고
마음을 지우려
풍경 소리가 풍경을 지우네

장맛비 내리는 숲은
득음한 돌과 나무들 천지
발효된 고사목과 낙엽
젖어 붉은 흙이
강물 소리로 바다로 흘러가는데
서늘한 듯 따스하고 축축하게 숨 쉬는
이 마음은 어디에 고이나
마음을 우주라 한들
지상에 두 발 딛고 섰는데

안이든 밖이든 기대고 싶은
비 내리는 산사의 밤
산문 밖 어둠에 젖은 배 한 척이 온다
밤보다 컴컴해진 수국 젖은 눈썹이 떨린다
가라앉은 배들아 떠올라라 떠올라
산수국은 피고 지고 피고 지고
바람 속으로 배가 사라질 무렵

수국은 연기를 본다
장맛비에도 젖지 않는
여러 겹의 보랏빛으로
여러 겹의 빗소리로

씨앗의 배후

투명한	묵직한		집이네요
구름이네요	절기	없는	바다
곁방도 나무도	깊은	화병도	가벼운
둥둥	덩어리		떠다닙니다

젤라틴이 된 구름의 뼈가 점묘법으로 씨앗을 뱉어냅니다 수풀이
없는 말간 공중 정원이네요 늑골에서 구름이 흘러나옵니다

열쇠 없는 악기가 눈동자를 굴리며 빠른 걸음으로 사라집니다 보
이지 않는 길 볼 필요 없는 길 고개를 돌리지 않았을 뿐 길은 각을
둥글리며 또 다른 길을 숲으로 밀어 넣고

잃어버린 보폭이 바다 위를 걷습니다
깡마른 바다 주름 가득하니 짭조름한 얼굴이네요
뿌리 없는 흙에는 이도 씨앗이라지요
합죽한 입 오물거리며
대성전 찰랑거리는 묘혈에서
검어 흰 흰 바위 씨앗을 품고 달아납니다

우울한 알뿌리를 캔 후 세계의 정념은 정원에서 사라지고 붉은
목도리 가을 정원 산책하다가 젖은 흙 살찌우는 숲으로 사라졌
다지요

상아가 긴 코끼리가 휘리릭 몽상의 암청빛 저녁 연기 속으로 사라
진 날 오시겠어요? 가벼운 씨앗이 바람에 인주를 바르며 허공에
살점을 나눠주네요 떡살로 찍은 화두입니다

세계 정원을 기웃거리네요 바람을 따라간 나비가 새처럼 휙휙 날
아옵니다 집에 핀 꽃들은 혼자 피고 졌다지요 연금술은 깨진 거
울의 배후에 뱃길을 냅니다 따라오지 않는 파도와 적막의 깜박이
는 눈동자는 구름보다 흽니다

밀지를 문 등대 부리가 눈발 날리는 허공을 가로질러 혹성에게 태
양의 새까만 씨앗을 보냅니다 아시다시피 유리 가면은 눈부시네
요 당신은 캄캄하고 영원한 씨앗의 배후입니다

눈 내리는 후박나무 숲에서

고삐 없는 흰 소가
허공을 떠다니며
행선을 한다

어둔 숲을 소요유하던
달의 흔적이

숲 가득 눈꽃으로
수북하게 쌓인다

흰소의 피리 소리가
눈꽃 위에서
소리 없이 빛난다

겨울 숲

달빛은
눈 안에서 빛나고
숲의 적막은
눈 위에서 빛난다

제3부

매화에 내리는 비

비로 내리는 당신
나는 진다
낙화라는 사랑법
당신 무게에 견디지 못해서가 아니라
당신과 함께 살고 지고자 내린다
젖어 내리는 내 한생
봄날의 일만이 아니다
둥근 열매 열리는 날
단단한 우리 사랑
여름 빗소리로 다시 피리니
이 봄 매화에 내리는 비
젖어 울지 않으리

오라 사과꽃 오로라

검은 망토 잿빛 사제가
허공에 별을 뿌리며 탄식한다

머나먼 땅에는 휜풍이 불고
화르르 화르르 사과꽃 흩날리네
꺼졌다 켜지는 기억의 징검다리도
씨방 안 빽빽한 환상도 흩날리네

오로라 비단 불꽃이
곡비 울음으로 피어오르는데
적막한 설산은 언젠가 본향이던 심해를
겹겹이 풀어내는 비애일 뿐

바람이 물관 입구를 열고
숱 많은 슬픔을 길게 땋은 소녀가
광활한 벌판에서 시간을 무두질한다

빛의 왈츠를 추려는데
면사포 쓴 오로라가 회오리치며
밤보다 깊은 어둠 속으로 사라진다

얼음기둥 양떼구름 지붕 집
한 그루 무성한 우울
사과나무는 창밖 수로 따라 꽃잎 뿌리고
물빛은 일렁이며 오고 있는 봄을 자맥질하는데

고대 뼈들이 스쳐 지난 바람을 호명하는 동안
텅 빈 미래의 사과나무로 서성이던 설산은
윤슬 눈부신 물길 지나 사과꽃동산이 되고
소녀야 오라 오로라
붉은 사과 주렁주렁 빛나는 언덕으로

낮달맞이꽃

낮에 달을 맞으러 오다니

달빛으로 피어선
그 환한 대낮을
달빛으로 물들이다니

만날 수 없는 것은 없다

어떤 모습으로 내가 피더라도
당신은 나를 알아볼 터이니

사자死者와 사자獅子 사이
거친 숨만 몰아쉬는 눈먼 새 말고
서로를 알아봐도
울면서도 지옥에 빠뜨리는
귀머거리 짐승의 사랑 말고

꽃으로 피어나
당신의 어둔 밤 환하게 밝힐 꽃을
환한 낮에
당신의 밤을 미리 알고
먼저 피우오니
환한 이 낮에 나를 품고
어둔 밤길도
환하게 가소서

복숭아 성전

불 들어갑니다
아무것도 가지지 않는 불은
지푸라기 하나라도
제 것 아니라고
봄날을 활활 탄다
비우다 투명하게 사라진
분홍 분홍 복숭아꽃잎
바람의 머릿결이
불의 긴 옷자락을 잡아당기는데
아무것도 아닌 풍경의 절벽
생의 바깥이란 없어서
안개비 자욱한 저녁
시간의 숨소리 따라
설레는 복숭아나무가
불꽃의 심장을 식히고 있었다
분홍 분홍 볼이 발갛다 다시 봄이다
봄의 새악시다

참나리가 필 때

보고 싶다는 말을 하면
참나리가 피었다

아무것도 없는 밤
아무 소리도 없는 밤

보고 싶다는 말을 하면
참나리 가만히 고개 숙이고 피어서
어둠을 빚어 주아로 매달고

흘러갔던 강물이 다시
흘러왔다

수국

여기는 물의 나라
청색돌이 둘러쳐진 장육대전에
분홍 물방울이 바퀴를 돌립니다
붉은보라 입술이 숲속에 난 물길 따라 흐릅니다
푸른 보라 발자국이 숲속을 다니며 휘파람을 붑니다
뱀은 똬리를 틀고 얌전하게
연화장 세계에 엎드립니다
수국의 나라 남쪽 멀리에 암자가 있습니다
오후 네 시의 햇살이 깊숙하게 암자 안으로 들면
수국의 분홍빛 창이 열립니다
여기는 수국
당신에게 젖은 수국
돌 사슴 샘물이 지나갑니다
푸른 사자가 수국 숲 사이를 산책합니다
계곡 물소리가 커집니다
연화장입니다
돌거북 한 마리가 목을 길게 빼고
수국에 맺힌 이슬을 마십니다
수국을 지날 때는 흠뻑 젖어도 좋겠습니다

계요등

여름을 어떻게 견디는지
별 하나가 가슴속으로 떨어진다

이제는 잔별이 모이고 모여
사람의 숲속에 별 가득하니
별보다 작은 마음들이
저물어가는 저녁을
환하게 밝힌다

여름 한낮 목마른 계요등
눈송이 뽀얗게 묻힌 채
이제 가을이 올 것이라고
이제 당신이 따 먹을
달짝지근한 열매가
붉은 별로 알알이
당신의 가을을 깜박이고 있을 거라고

가서 말하라
독한 내 냄새는
당신께만 드리고자 하는 내 마음이니

오르지 못할 것이 어딨나
온몸 둘둘 말아
시든 나무도 촉촉히 살리는
잔별들 마음이 붉디붉다

이 저녁 계요등 별
가을에게로 총총 뜬다

겨울꽃

당신이라는 망망대해
겨울 폭설 속에 피는 꽃
불꽃이 활활 타오르고
그 불을 끝끝내 가지려는 자는
불이 되어버립니다
보려는 자는 눈이 사라집니다

턱 괴고 있던 근육질 날개가
몸보다 천 배로 큰 날개로 납니다
깃털은 눈이 천 개라서 눈썹도 수두룩합니다

발바닥 가운데는 우물이 깊어
씨앗이 잠깐 쉽니다
구멍에 혀가 있습니다만
나무도 바위도 자신의 혀로
물구나무를 닦습니다

다섯 개 창문은 열어놓고
로고스의 낚싯대를 드리웁니다
바다의 허벅지가 출렁대고
청동거울은 가슴에 있습니다

운무가 피어납니다
폭설이 내립니다
뿌옇고 흐릿하고 아슴프레한 것은
핥지 않고 다만 스밀 뿐이어서

당신은 다만 뜨겁고
나는 푹신하고도 부드럽습니다

은사시나무

있다 여기

종일 흔들리던 은사시나무
몇 잎 떨어뜨린 잎을
적막이라 차마 말하지 못하고
고독하다 함께 흐르지도 못하고

이미 여기 없는 사람과
벤치와 난간에게
나무 사이에는 뭉게구름 피어나고
하늘은 그 사이에서 더 애틋하여
온몸 흔드는 한여름 은사시나무

물고기 떼가 바람을 거슬러와
이미 죽음을 적신 머리 위를 헤엄치고

산초나무 꽃에 긴꼬리제비나비가 난다
한 보름 전 그 번데기가 나비처럼 난다
전생이 나비처럼 팔랑인다
봉인된 빛 뭉치를 이고
다시 날아갈 검은 나비

두고두고 산초꽃 피고지고
맵싸하고 향긋한 기억은 익어
검고도 빛나는 눈동자
이미 예전 너와 내가 아닌 비릿함을

알싸하게 지우며 바람은 지나가는데

낯익은 낯선 바람이 분다
은빛 윤슬이 운다
또 다른 하늘이 울고 있으므로
밤새도록 흔드는
빛나는 손

나 여기 있다 여기

짙푸른 양귀비

기억을 더듬으며 양귀비가 핀다
볏이 유난히 붉은 닭이 첫새벽을 운다
장마가 시작된다
무스크 향이 난다
전선 매립된 지하에서 흘러와
둥근 전구에 모여 매달린다
장신구 달린 구름이
부스럭거리며 바람처럼 군다
유난히 젖은 날
비릿한 꽃들 묵주를 세고
정박해 있던 말들이
바다 위로 질주한다
양귀비가 말발굽 소리를 내자
나비가 떼로 난다
하늘이 바다보다 짙푸른 날

제4부

꽃무릇

나에게도
뜨겁게 불타오르던 사랑이 있었던가
얼음이 녹지 않은 봄
나는 뜨거운 사람을 그린다
어젯밤 꿈에 활활 타오르는 꽃밭에서
청년 하나와 밤새 춤을 추었던 듯하나
그 수많은 나비 떼는 다 어디로 갔을까
숨 막히게 향기롭던 꽃잎의 떨림은
어디로 사라졌을까
얼굴도 기억나지 않고
입술에 닿던 술잔의 기억도
혀끝에 닿던 붉은 와인의 달콤함도
아무 기억이 없다
찻잔에도 온기가 없다
삶이여 사람이여
싸늘한 봄이여
나에게 불타는 사랑이 있었던가
나는 뜨거운 사람이었던가
꼿꼿이 서서
자꾸 붉어지는 이 마음의
한때는

동백꽃

붉은 심장

품으면 길 잃지 않는 꽃
그가 올 줄 몰랐네

하늘 땅 물 불 견고한 경계도
하나의 탯줄 안
바람에서 우레로 산에서 늪으로
멀미나는 뱃길 지나 닿은 붉은 섬
묵은 적막 품고
목하 목하 박동 소리

맑은 바람길
오방신 반지 끼고 미리 와 기다리네
깊고 융숭 깊은 방
어둠 속 황금빛 뭉치
겨울 아지랑이 사이
투명한 거울
짙은 그림자 강 건너
참빗으로 머리 빗고
꽃섬으로 피는 곳

그가 올 줄 알았네
까마득한 대륙 성산에서
겨울바람 거스르고 환한 갈기 휘날리며
어디선가 본 듯 어디선가 들은 듯

다디단 숨소리
둥근 울림통 어둠을 두드려
내일이면 만날 길을 부른다

붉은 연지 칠보족두리
금박 박힌 홍색 원삼
生의 화사한 핏빛 가마 타고
숨 트이게 눈부신 은빛 길 위에 섰네
지구 그림자 떠받치는 붉은 사람

자귀꽃 피는 오후

자귀나무 아래서
물결치는 그리움의 파고를 보네
한때는 둑 위를 걸으며
훔쳐보던 네 집 마당에는
자귀꽃 오므렸다 폈다
연분홍 두근거리는 시절을 자맥질하네
말더듬이 첫사랑의 땀내를 닦아내네
세상 수많은 길들 지우면서
진실한 사람 하나 만났으니
해질녘 둑길 위 함께 걸으며
자귀꽃 여린 볼에서
순한 입김 열띤 심사를 재우고
아무것도 아닌 이 한여름
나비 훨훨 나는 정오를
차마 견딜 수 있겠다

새벽 실내정원

바위에 붙인 이끼 적시며
인공폭포가 내린다
길들여진 물이
고인 물을 향해 세차게 내린다

허연 물방울 사이
길들여지지 않는 돌들이
물이끼를 털어내느라 버둥대며 헤엄친다

혼자가 아닌 척 혼자인 것들이
고요와 소란 사이를
흐르고 뛰어내리고 어슬렁거리는 동안

멀리 초원이나 사막에선
별들이 뒤척인다
깜박대며 흐른다

도깨비쇠고비가 낮게 앉아
야자수 발잔등을 감싸고 있다

사람만이 잠든 밤
유리 상자를 빠져나온
세계에서 가장 크고 무거운 씨앗 코코 드 메르
젖은 흙을 파고든다

박제된 학에 피돌기가 시작되고

인도보리수 후광 안에 살던 코뿔소 한 마리
천천히 야외정원으로 걸어 나온다
아직은 밤
무언가 타오를 듯한 초원
새벽이 걸어온다

엉겅퀴

유랑하는 뭉게구름
관들이 떠다니네

외롭다는 말을 하면
사막에 던져진 돌이 되지
차라리 빈들에 서서
엉겅퀴 피우네

산문에 절망이 피네
텅 빈 길가에
보랏빛 혈이 툭툭 터지네
충혈된 묘비
고독한 눈

네가 사라진 길에서
내가 사라질 길에서
가시 달린 잎들이 즐비하게 섰는데

재도 연기도 없는 향냄새가
엉컹엉컹 산문 안으로 이끈다

사라진 몸이 순간을 떨고
꽃술 위로 은하수가 쏟아지는 밤
꽃탑 하나 경내를 밝힌다

귀경게

허공의 꽃에게 예경하는 눈보라는
대지의 심장에 엎드리는 중입니다
땅속에는 덩이줄기 알알이 실합니다

오고가는 달콤한 물소리는
쓴 풀을 키웁니다
눈송이가 방앗간에서 백설기를 먹습니다
이야기 많은 싱잉볼은
어둠으로 빛을 길어 올립니다

성전의 불꽃이 흔들립니다
이름은 깃발입니다
물방울 하나와 먹구름덩이
이름의 이름들이 흘러다닙니다

새가 허공을 나는 동안
허공은 깃털이 간지럽습니다
불타며 흐르는 강물은
방향이 없습니다
살구나무가 허공에
꽃 발자국을 피우는 동안
허공은 꽃잎 되어 날아갑니다

벌판을 지나온 울창한 향기가
계절 따라 물소리를 내니
계수나무 향기가

달빛보다 그윽합니다

누가 하늘을 덮습니까
뜰 앞 청련화는 투명하고
허공의 빛과 어둠에게로
바람의 흰수레가 흘러갑니다

씨앗 없는 살구는 길 없는 길입니다
대지에 예경하던 바다가
허공으로 날아오릅니다
쌉쌀 새콤하던 살구가
달콤하고도 향그럽습니다

정적 속에서

포도나무 아래서 잠이 들었네
알알 숨소리가 절벽 폭포 아래로
포도 씨를 뱉어내는 동안
캄캄한 사람들이 숲길을 걷고 있었네

막연한 사람과 모르는 사람이
다른 사람 안에 있는 스스로를 꺼내
어둑한 숲길을 걷고 걸어
첩첩 빛나는 나뭇가지 위에 얹었지
봉우리는 어둠을 거느리고 빛나지

얼음에 쌓인 열매는 어디에 있지
건장한 사람 시꺼먼 눈썹에는
진득한 송진이 묻어 있어

새떼가 포도알을 삼켰지
신상 아래 그늘이 있고
그늘에는 새떼가 숨을 쌓아가지
포도주 황금성배에는
천둥 싹트는 소리가 출렁이고

후피향나무 아래서

후피향나무 앞을 서성였지
하얗고도 노란 꽃
한가득 핀 칠월에

후피향나무 앞에서 기도했지
하늘을 경외하오며
땅에 헌신하겠나이다

향긋한 바람
향기가 되는 티끌
후피향나무 아래서

시월 붉은 열매는
은약의 징표
붉은 마음 푸른 사람과
거닐었네
태양 같은 얼굴
신의 딸과

겨울 후피향나무에
함박눈이 내리네
푸른 옷에 하얀 망토
눈부신 왕
후피나무 안에서

황금 성전 아래서

찰나에 허물어지고
찰나에 세워지는 황금빛 집에는
금시초문 황금빛 영혼이 있다

다른 얼굴 같은 사람들이 와선
찰나 사랑에 빠졌다가
찰나에 떠나곤 했는데

우주 어디에선들
그 많은 슬픔과 바람을
차고 뜨거운 물소리를
이토록 눈부시게
보듬을 수 있을까

영원의 융숭한 축제를
천년이 지나도 베풀고 선
은행나무 황금 성전 아래서
시나브로 피어나는
숭어리들 눈부시게 환하다

백년정원

귀 기울여보아
백년정원에 깃든 새벽 숨소리를

황금무늬맥문동이 닫힌 땅 비집고
얼굴 내민 벅찬 순간을 본다면
일 없는 사람처럼 오래도록
꽃이 움트는 순간도 지켜보아
솟아오르는 연보라 순정 피어
그대에게 가닿는 환한 빛살

사슴 눈망울 소년이
유폐된 섬에서 안고 온 부러진 가지가
순한 땅에 뿌리 내려 맑은 편백향 피우고
섬잣나무 종자는 날개를 펼치네

뜰 앞을 서성이는 가뭇없던 계절도
열매로 익어 거름이 되고
은목서 향기 진한
노옹의 거처는 무릉도원

손잡고 껴안아보아
거대한 숲이 된 후박나무
스스로 그러하여
나무껍질 속에 각인된
조화롭고 은밀한 세계를

순천읍성 푸조나무

올곧고 순정한 빛의 씨앗
맑고 귀한 땅 살피다가
순천 정원 배꼽에
심지 깊은 하늘 푯대로 섰다

한 오백 년 기다리면 오시려나
모이는 듯 흩어져 흘러가는
구름 형상들
형형색색 바람의 꽃들
다 끄덕이고 보듬어 안고 선
뿌리 굳건한 사람

겹겹이 쌓이는 생의 굴곡
거칠게 새겨질수록
절망보다 깊고 질긴
기다림이라는 뿌리

떠나지도 정박하지도 않는
매 순간 절정인 허공의 정원에
핀 것은 핀 대로
지는 것은 지는 대로 다독이며
해마다 녹녹한 초록 연서 피우나니

천만 년이면 어떠랴
처음부터 나는 당신 것이었다고
우직한 보호수
하늘의 중심을 팽팽하게 떠받들고 있다

연경시선 1

우주의 정원

석연경 정원 시선집

초판 1쇄 찍은날 2022년 10월 28일
초판 1쇄 펴낸날 2022년 10월 30일

지은이   석연경
디자인   연경갤러리
기 획   연경갤러리
펴낸곳   연경출판사
편 집   사람과사회
등록일   2017년 3월 14일
주 소   전남 순천시 중앙2길 11-19
전 화   010-3638-6381
e 메일   wuju0219@naver.com

ISBN 979-11-977661-1-4

가격 8,000원

• 이 책은 🌿전라남도와 🌿문화재단의 지원을 받아 제작되었습니다.